歌集

祖母ほほほ

The greatest blessing in my life

石田恵子

Ishida Keiko

六花書林

祖母ほほほ　*　目次

装幀　真田幸治

祖母ほほほ

祖母ほほほ

5週目と子が告げてより毎日は去るものではなく積むものとなり

＊

5週目と子が告げたれば宇宙から誰かが会いに来てくれた気する

健診ごとに胎児の画像が子から来る孫のアルバム始まっている

見ることの出来ぬ神秘を目にしたり４Ｄエコーは胎児を活写す

４Ｄのエコーは胎児の顔見えるゼウスのようで子豚のようで

「祖母になる心得」検索してみれば亡母に代わる溢れる情報

戌の日が日曜と重なる水天宮　妊婦より付き添いの溢れる

一時間前にこの世にあらわれた赤子という名の天使の写真

初対面の新生児抱けばこの腕が菩薩の頭の重さを思う

新生児腕に抱けばたっぷりと二十二世紀に出会える未来

百年のち二十二世紀を見る瞳持てる新生児を慈しみ抱く

大空の雲の弾力にも似たり昨日生まれた新生児の頬

生まれたる乳児が積み上げる時間百歳までの今日が三日目

こんにちは赤ちゃん私がおばあちゃんよ百枚分の楽譜ほど言う

子を授かり三十年後に孫を得てまた三十年後は曾孫と欲出る

祖母われを見上げる君に寂しさを救われてること君は知らない

孫生まれ子の生まれた頃の写真見る私は今と同じ服なり

首座る前に首用浮き輪嵌め三ヶ月児が風呂に浮いてる

日に何度もスマホのカメラを向けられる赤子に私はスマホを向けない

ダーウィンの進化を披瀝するように赤子は母乳と時間を食べる

乳飲み子はモナ・リザよりも雄弁に頬と口角で物語編む

この世界の食べ物に挨拶するように赤子の歯茎に白い芽の生る

家を買う息子の契約その時間キッズルームで孫を守する

はいはいが出来始めた児はカーテンにたどり着いては揺らして影見る

夫が子にした肩車子が孫にしやるを見れば螺旋の青空

幼子は両手を広げ大空を掴む笑顔で「だっこ」と発す

三歩歩き喝采受けし一歳児一月後駆け出し叱られている

一歳児が「世界は一つ」のアトラクション乗れば未来に叶う気もする

マスクという言葉も言えぬ幼子にマスク着けさすコロナ禍である

着けること自分で出来ぬ幼子のマスクのサイズは名刺ほどなり

ゼロ歳からテレビ電話に会う赤子　リモート慣れした一歳の顔

父母祖父母四人をＳＰのようにしてよちよちみどり児公園に行く

おむつなる高分子吸収材が五個孫が帰って残る燃えるゴミ

精一杯爪先立ちして手を伸ばしおやつを狙う幼児の総身

孫の写真見せれば友の返信は「そのぞうさんジョウロうちの製品」

時間かけて上った果てに滑降という一瞬を知る幼児の滑り台

二歳になる児がもう十回も行っているディズニーランドママが連れていく

ガラス越しプールの水は甘く揺れ祖母となり見るベビースイミング

幼子は芝生も土も口に入れ形而下で物質を確かめている

手渡されし紙に指触れ破れたり初めての金魚すくいの二歳児

ブランド服着ている幼児のその背中屈《かが》めば白い紙おむつ見ゆ

幼子と桜吹雪を浴びている　紅白のトリのサブちゃんの紙吹雪

育まれ「出来たあ」「ふわふわ」「いただきます」優しい言葉が血肉となる児

二歳児言う「ぎっくり腰」に「なんでやねん」私が覚えさせた言葉だ

二歳児はみんなに似ていて面白し父方母方祖父母曽祖父母

ヨーイドンと言えば真直ぐこの胸に駆け来る二歳児は私の向日葵

二歳児が指でスマホをスクロール自分の画像を見るのが好きだ

抱きつかれかじりつかれしわが頬に暫く残る二歳児の歯型

座布団を出せば幼子寄って来て寝ころぶ並べる積み上げていく

＊

「二人目が出来たよ」と一人息子言う空から花束降るような嬉しさ

二人目が出来たと一人息子言う　私は古墳の笑う埴輪だ

第二子は無痛分娩の予定だと私の経験せぬもの告げ来る

コロナ禍と20日を超える猛暑日の葉月　赤子の誕生尊し

この赤子90歳で出会うのか２１１２年生まれと言うドラえもんに

みどり児はスプーンに顔が映ること気づき喃語で話しかけてる

幼児連れ水族館も寂しかり　閉じ込められてるものばかり見せてる

友がみな我より偉く見ゆる日よアプリで孫のスライドショー見る

子育てを上手にしてるねと子を褒める「褒める子育て」いつまでも親だ

パパの作るシャボン玉追い摑もうとする子らが作るこれからの星

家族ほほほ

火炎樹の道をランドセルの子と歩くカイロで暮らした朝の風景

＊

同じ柄の掛布団だが夫と息子　畳んで持てばそれぞれの香なり

飲み会と言えば深酒する夫とシラフで帰宅の息子がいたり

＊

「プロポーズってどこでされたのお母さん」突然の問いは稲妻に似る

あの人のママという者になれるんだ　子の結婚で思う「ルージュの伝言」

結婚前　アルバム見ていた子が不意に「大事に育ててもらった」と泣く

「彼母」の対処法載るゼクシィを買って見ている彼母のわれ

姑になった私はいかようにに語られおるや新婦の友に

*

インドへと赴任する子の飛行機を子の背のように空に見つめる

五百人のインド人社員と仕事する子は三人の日本人の一人

インドに住む息子の嫁はネット駆使し日本食品を日本から買う

一歩さえ戸外へ出ない我の一日　子はムンバイからモーリシャス行ってた

帰省した子がどれどれと鍋覗くごめんねお湯を沸かしているだけ

お料理を教えなかった息子だが赤子見に来た我らにパスタを

「お母さん僕の話題を出さないでね」察した息子に釘を刺される

＊

ほろ酔いの夫は襟に蟬がいること気がつかず帰宅し居間に

部屋の中大きな岩が転がって家壊していくような言葉吐く人

痛いとか疲れたと言えば励ましでなくドジと言う人と一つ家

諍えば物は投げずも家の壁ヒビが僅かに入る気のする

高級品決して買わない夫なり　妻を選んだ理由を聞けない

夫という移動するもの通り過ぎるまで家の中息をひそめる

朝夕の駅で数多の人見るが夫でよしと風に呟く

リモコンは電池が切れたのではなく元々入っていなかった家

もうどこの破片か分からぬ透明なプラスチック片見つかる家なり

喉元で止めてた言葉を吐き出せる泣き寝入りはもうしないと誓えば

*

巣立ちし子の引き出しに見つけた当たり棒引き換え夫婦でガリガリ君食む

実家ほほほ

嫁ぎ来て六十年のち母畳む創業明治五年の書店

明治五年創業書店を母畳み壊されゆく店一緒に眺める

漫画雑誌綺麗に読んでまた棚へ昔私は本屋の娘

＊

パスポート余白のページを埋めぬまま遥かな国へ母は旅立つ

母のネックレス付けパスポートの写真撮る一緒に旅をしようと思う

母譲り「ご馳走さま」の声聞けばわたしは応える「よろしゅうおあがり」

歯並びを褒められ思い出す母と唱えた「ネズミの歯に変えとくれ」

母がよく楽爪苦髪と言っていた　私の爪は確かに伸びる

目の下のメロンの皮のような皺　記憶の母と瓜二つなり

母諳んじた神武で始まる百二十五代私は令和を足して諳んじる

熊の胆《い》を信じて飲んでた亡母なり私の引き出しに残りが眠る

＊

もう母が握ることなき手すり棒玄関から触れ実家を旅する

誰も住まぬ実家なれどもご先祖の仏壇のために雨戸を替える

明治から居住で縁者ではないが塀そば「大石りく生誕地碑」の建つ

*

八人の孫生れること知らぬまま逝きたる父の享年を越す

義父母宛出した手紙がかたづけをすれば私へ再び戻る

父母義父母既に見送り賜りしごとくの自由な24時間

*

戦死せずいませば会えた伯父のありアルバムに見る知的な青年

商工省勤務の前途ある人が中支という地に散りて帰らず

家族宛の伯父の手紙は蔵の中　証のごとく静かに眠る

戦死せし伯父の書簡を本にした叔父の晩年の思いの深さよ

傘寿まで「ご新造さん」と呼ばれてた祖母は身近な明治であった

戦死という公報のみで長男を失いし祖母を思う八月

主婦ほほほ

海の造る美しきフォルムを眺めつつマンションガス台でさざえ焼くなり

マンションのガス台で焼くとうもろこしそれでも大地の香り感じる

ＣＮＮ見ながらハサミで細切りにしてる松前漬けの昆布とスルメ

流し台のかすかな傾き加味しつつお米の水を量る毎日

お茶碗の米粒は四千粒あるという手の平に重き大地の恵み

ザクロの粒ばらせばキッチンの白い壁事件のように赤いシミ飛ぶ

くちびるを塞ぐごとくに餃子の皮閉じてゆきたり何かを願い

天ぷら粉お好み焼き粉と味付きの手軽さに慣れ小麦粉減らず

丸まっている細切れ肉を指先でほぐしていけば肉と肉なり

スーパーの柿のへたにある数ミリの枝を木の実の証と撫でる

Lサイズのみかん丸ごと頬張れる　私の冬の始まりの顔

＊

さんずいの洗濯という家事なれど一度もこの手を濡らさず終わる

洗濯物畳んでいる時気づいたり　仕舞えるタンスと家があること

アイロン台　湖面にもなりリンクにも　人に会わなかった一日の星夜

National のマークの家電が健在で National も偉いが私も偉い

押し入れにちゃんと畳めば入りたり布団に教えられたる行儀

レールからはずして留め具も一つずつはずしてやっとカーテン洗う

掃除機のスイッチ切れば洞窟のごとく静かな一人の居間なり

何十年使うのだろうと考える買う物すべてに還暦間近で

40年使いし手鏡割れる夜　手から逃げてくものが増えてく

「同じ服持っているよ」と手に取れる服にささやく店先に立ち

カレンダーに書き込むだけで済む用事ばかりの主婦で手帳は持たず

修繕の幕に覆われたマンションの幕のすき間の小さな満月

リフォームの相見積もりを4社取る　求婚者並べたかぐや姫かも

貴族でもないのに私は居間でお茶　修理の人は働いている

曇らない鏡に変えたお風呂場よシャンプーする自分初めて見たり

コンタクトはずしてまぶたを手で覆う冬の冷たき手の心地よく

鼻の皮膚　片目を閉じれば少しだけ肉眼で見える真の顔なり

蛇のごとく鼻の穴より潜り込むカメラが私の声帯うつす

健康診断のＡ判定を有難く拝んで毎年仕舞う桐箪笥

朝夕に堅きしゃれこうべ感じつつ両手の平で顔を洗えり

ゆっくりと顔を洗えば薄き皮膚纏えるしゃれこうべ洗う気のする

しゃれこうべの白き色など思いつつ毎朝その上に化粧ほどこす

ペーペーほほほ

山城で見る石垣のこの一つの石さえ運ばぬ我の一生

今日会話したのは守衛さん一人「ここは関係者のみですよ」「はい」

口紅は食べても害はないはずで塗って待ってるさみしい唇

ティッシュでもハンカチでもなく袖口で口を拭えば戦士の気のする

結ぶのも解くのも苦手それゆえに絆という紐は手に取らずにいる

昔の夢確かめるごと新聞のセンター試験をこたつで解きたり

ここではないどこかに行きたい夕飯後受験の頃の参考書開く

穀潰し無銭飲食座敷牢自分の名札と思う時あり

クイズ番組のクイズを作っていた昔ありウィキペディア《ウィキ》に小さく名前見つける

１００歳と父母の早めの享年とシミュレーションは二通りする

あの額の写真が我ならいかようか叔母の葬儀で想像しており

ランドセルと一緒に買って貰いたる鏡に今も映すわが生

夜空見る近視に乱視に老眼で　バナナの房のような三日月

ステテコのゴムの替え口探してる夜半は私の出口も見えない

真夜中にコップの水を持つ老人熱中症警戒の鏡の我なり

「熱帯夜もエアコンつけずに寝ているよ」そもそもエアコンないとは言えずに

鏡置き一人のときは食事するホントにモグモグ動く口見て

裸のままトイレに入れば脱ぐという行為がなくて動物であり

体から何かが飛び出し驚けばトイレの床にボタンころがる

セーターの下に隠れたシャツボタン閉めたか不意に触れたくなりたり

はらりよりさらにゆっくり落ちていく　抜ける毛髪目撃すれば

ある時は祈りのようにある時は竹刀のようにスマホを取り出す

語らずも気の合いし人　数年後同じ悲しみ持つ人と知る

満たされて望月の心地でいる時は人に光のおすそ分けする

真夜中の鏡に私は映らない　はず　森の中歩いているから

引き出しの半端なボタン十数個夜中に捨てれば夜明けが近づく

飲み放題詰め放題あり密やかにものを思えば思い放題

俯瞰図で自分を見ている心地する冷めた肉まんわが手に持てば

丸二つ私が書いてもドラえもんにならぬが絵心のある人はなる

キャスターが髪の毛少し切ったこと分かるは週5で見ているせいだね

*

手に乗せるインコに嚙まれた傷口が終日一人のレゾンデートル

大空を飛べないインコはわたくしの住む籠の中のその中のカゴ

天井の高さでよければ飛べるよとインコに囁きカゴから出してる

丈伸びしエノコロ草の群れの下マンション植栽にインコを葬る

鳥かごを覗くがインコはもういない　止まり木には君の形の空気

＊

美容師のハサミの音が励ましに聞こえる明日ボランティア面接

邯鄲の夢みる心地シャンプーをされつつガーゼの下で眠れば

鏡越し「啄木って知ってる？」と聞けば「存じ上げないすねっ」と美容師

鮟肝を初めて食べたのに板前が「チーズみたいでしょ」と先に味言う

ペコちゃんのように口角上げないとマスクの下でへの字になってる

小糠雨マスクに眼鏡で夕間暮れ私の自転車座礁しそうだ

投票所は子の小学校ウサギ小屋覗いて帰る昔のように

いつだって私一人が譲ってるような細道に咲けるコスモス

手に持てる缶コーヒーは空だけど返事に困り何度も飲むふり

目の前の君の心が純白だ　カレーうどん屋の紙エプロンのせい

水つけて貼れば封筒にちゃんと付く70年前の記念切手よ

買取の査定士わが家に今日は来て白手袋で電卓叩く

壊れてた地球儀捨てたその部屋で世界を一度平面図にする

5メートルおきに時計がぶら下がる駅の通路で歳を重ねる

遅刻者を待つ受付けの係ゆえ扉の外にてパーティ見えない

「非常の時押して下さい」のボタン見る　心にもあらばとエレベーターに一人

ストッキング直すだけなのに自動センサーゆえにトイレの水が流れる

さよならと言いつつ一緒に歩いてる明日捨てると決めてる靴と

散り積もる花びらの肌に触れたくて裸足で歩いてみる真昼あり

*

本日もサイレン鳴らす車とは縁なく良きかな布団で思えり

目の前で本物を見たことがない善きかな人生警察手帳

胴上げをされる幸運あるならば　宙舞う前にトイレは済まそうっと

パートほほほ

鍵かけたかガスは消したか窓閉めたか階段降りつつ呪文の毎朝

換気のため窓を開けおくバスの中紋白蝶も小さき蛾も乗る

年恰好服も自分に似た人にどんな人生と聞きたき駅あり

駅階段ごぼう抜きして駆け上がる人に触れずに人の隙間を

通勤の途上で空を見上げたり　サーブのトスはどこにしようか

優しくてパートのおばさんなどと呼ぶ人おらぬゆえ自分で呼んでる

矢面の電話受付け業務かな「会社の顔」と発破かけらる

「積滞」は取れない電話を指す言葉　お客待ってるとリーダーせかす

いくつもの旅行ブランド担当し入電表示で変える第一声

両替の方法、査証、ベストシーズン　情報更新は心がけてる

「現地ではコートは要るか？」の質問が多く気温とコートに詳しい

「ご住所は？」問えばとっさに詰まる人多し自宅の住所でさえも

サイゴンに行きたいけれどサイゴンがないとパンフのホーチミン見る人

雪により空港へ行く電車なく海外以前に飛び立てぬ人あり

ニュースでは連休の空港利用客映すがそれを支える側なり

ＳＡＲＳ、テロ、地震でお客は慌てだし蜘蛛の子散らすようにキャンセル

机の下潜って資料を探すとき網にかかれる魚の心地す

憧れた旅行業界のパートだと抱負述べし人　三月で辞めぬ

ノルマなく営業もなく受電のみ　ゆえか職場の人々穏やか

他社の名を出してキャンセル言う客に「お好きなように」の社風が好きなり

九割の電話は常識あるもので日本の社会の良心感じる

「社員割あるの？」と友は聞くが無し　自社の旅行に定価で出かける

この世界どこに行けどもテロ注意　外務省情報ページの全てに

十数年パソコン叩けど文字入力未だにミスする指の不器用

二カ国をスペポル、オラベル、クロスロと略してこなす仕事してます

エレベーターはボタンを押せばいつか来る　約束のように私を運ぶ

焦げ落とすような力で歯磨きのＯＬ見たりビルの洗面所

パート帰り花屋の前で足止める今の気持ちはどの花だろう

元々は何の休日か分からなくなって出勤する十連休なり

ミスしたかと悩めば心に黒い水休暇の合間もどんどん増える

階数も会社も違えど同じビルに感染者ありとメールが巡る

勤務先海外旅行業務ゆえ地球の自転が止まった静けさ

コロナ禍でキャンセルの嵐吹いた後　予約入らぬ闇の静寂

コロナ禍に海外旅行課から国内課へ異動で温泉の読み方学ぶ

海外の業務無くなり早一年　英語の都市名を発することなし

コロナ後を見越して雇用が維持される有り難き職場のパートの一員

窓口の行列絶えて四季巡る通勤路に見るパスポートセンター

*

定年でパートの出勤あと三月　気分は高校三年生《こうさん》三学期なり

決められたフォーマットに入力するパートゆえエクセル覚えず定年となる

*

本5冊映画館4回日々テニス定年退職後の一か月なり

青空の風呂敷ほほほ

テニスする自分の動画を初めて見る　タライが頭に落ちる不格好さだ

テニスする時間とお金と健康はあるがそこには上達がない

休憩で白内障を話題とす還暦過ぎのテニスの仲間

テニス中四人で見上げる空がありヘリコプター低く横切り行けば

本日も60代70代でテニスする　青空の風呂敷が我らを包む

サングラス、フェイスマスクと帽子して外でテニスも色白と言われる

銀髪で黄色いボールを打つコート青春に負けぬ白秋と思う

不具合も虫歯も無しの28本お陰でテニスで食い縛れてる

報われる一球のため今日もわれ一千球をラケットに打つ

打ち込めど全てのボール返される彼女のラケットは千手観音

猛暑日も夕暮れ黄色いテニスボール見えなくなるまで追う仲間あり

ぶつかると思っていても家の中ラケットびゅんと振りたい夏の日

突然の病に仲間の訃報あり最後のテニス相手は我なり

素数まで喪失分解していけば笑った顔の友だけ残る

映画行く職場で話すテニスするそれぞれ別の人で密無く

テニス後は肘、腰、踵のサポーターバリバリ音させ労い外す

切れた時ゴッッツという音すると知る　隣の人がアキレス腱切れ

問いのみで患部を診もせず触れもせず内転筋痛と整形外科医

口下手に万能薬の言葉あり職場もテニスも「お疲れ様です」

*

炎天にヤカンの麦茶だけだった十七歳の部活のグランド

テニスコート潰され介護施設建ち昔コートの利用者入居す

*

真夜中のウィンブルドンは目覚めたら勝っていますようにと布団に入る

ラケットを持たぬ手の指八手のように広げテニス選手はボール打つなり

*

上杉謙信《けんしん》を阻みし雪山に囲まれて日帰りで済ます私のスキー

人形のように腹這いで落ちていくスキーで転べば斜面抱えて

浅間山に両手で包まれてる心地　目の前にして滑るスキーよ

明日滑る雪の斜面の山思い等高線の灯《ひ》の点る胸

ストックの届く距離なり杉花粉私を乗せる弥生のリフト

＊

通訳も翻訳も資格を取ったれどそこがゴールで実践なきわれ

中学で英語に親しみ四十路にて通訳ガイドの資格を得たり

*

オリンピック通訳ボランティア研修会多くは年配者われもそのひとり

活動がなくなり制服だけ貰う逃げ水のごと五輪通訳ボランティア

延期され海外客なく通訳の不要にそして無観客開催へと

＊

通訳ボランティアに行く朝鏡のぞきこみ今日会う人へのスマイル試す

困惑するウェイターや駅員に英語の助け舟出すこと増えたり

風景ほほほ

踊り子に写真オーケー？かと聞けば「そのためにいます」と伊豆の観光

バス旅行年配者多くトイレ休憩全ドライブインにマーキングするごと

印旛沼真冬の水辺に一人立つ枯葉以外に動くものなし

「桜坂」を探して来たんじゃないけれど蕎麦屋の主人が近くだよと言う

啄木の終焉の地の碑を訪ね童顔に似合う直筆見つめる

警備する女性警察官に木の名前尋ねる媼いる大嘗祭よ

三百年の松の背後は百年持たぬ高層ビル群見ゆる浜離宮

ギリシャ彫刻に似た顔はなくて大いなる民族の違い兵馬俑展

還暦を過ぎて初めて浦賀に行く　ペリーは不惑で行っているのに

展望台　ビルも山並みも見渡せるけれど私の所有物なし

「黙禱」の言葉と共に折鶴のごとく頭を垂れて浜風

海峡の真下を覗ける大橋のガラスの床のあまたの踏みキズ

富士山にポンポンと頭を叩かれて私も叩き返している冬

特急電車向かい合わせの席変える一人の旅は一人でいたい

バスガイド言ってたジャバラみかんとは「邪払」と書くと店頭で知る

地に眠る蟬の声さえ聞こえくる暗き古墳の森踏み入れば

紅葉の樹々の間歩く城跡は行く手を蜘蛛の巣に搦め捕られる

一歩ずつ登りたる果てのご来光見知らぬ人らと永遠を見る

八分目八分目と唱え皿を持つディナーブュッフェの旅先の宿

新聞はフェリー到着後の九時半と礼文島ホテルロビーの貼り紙

旅先の海の水には触れてみる　オホーツクの浜辺カプリの岩場

ステージに立つ50代のオードリー・ヘップバーン《オードリー》見たこと嬉し　映画のごとし

ジュネーブに駐在の友を訪ねればオードリー・ヘップバーン《オードリー》の墓へドライブがてらに

朝五時に成田空港へ行く電車　乗客無言も連帯感満つ

ペーパーを流さぬ国から帰国して羽田の個室でくずかご探せり

国境の入国審査のバスの中パスポート手に待つ午前零時よ

冷房ないサントリーニ島ホテルにて窓開け夜風を纏って眠る

米の飯あったがゆえに元気でたスイスのスキー場の食堂

カウナスのハウスを訪ね一助でもなればとスギハラチョコを購う

時間あればもっと書けたとスギハラの思いが充つる執務室見る

傾ぎたる３００段上りガリレオの風景手にするピサの斜塔に

冬空の光ほほほ

もう発行されることなき住所付き社員名簿が棚に並べり

受付けも配達も敬語間違った若者だけどピザはピザなり

何であれ人間以外の生きるもの人は一日一度は見るべし

ひと夏に蟬しぐれ浴びるのに人は蟬に触れ合う指は持たない

カメムシがペットボトルの捕獲器に２００匹かかるはざらと友言う

カメムシが茶の間飛び交い子供らの悲鳴も飛び交う夕餉と友言う

＊

ふるさとに「ブラタモリ」来て実家のそば漬け物石の玄武岩愛でる

校庭のプレハブ教室で学びたり　入学間近に大火の高校

「ベルばら」も「巨人の星」も来週が待ち遠しかった同時代性よ

青春がどこまでも延びる50周年の歌手が我らの先頭走って

十代で見たアーティストが50年活躍　空飛ぶ車より未来

*

不動産会社のガラス張りの中　客の背中が並ぶ三月

当面の間と書かれた休業の張り紙見つめて二年の過ぎる

銀色のお盆がバーンと落ちたれば駅ナカうどん屋発車の銅鑼の音

この駅のあふれる群衆の中でさえ着物姿はわずかに二人

但馬より江戸に出て来たが三千歩　無限の歩数を担う新幹線

イベントの開場前の朝礼はゆるキャラたちも直立で聞く

古本で「モルグ街の殺人」初めて手に取れば「犯人は猩猩」と脚注もなく

一日ごとに日露戦争迫りくる寝る前に読む「坂の上の雲」

ソクラテス、プラトン読めばB.C.《紀元前》のCの以前の欧州思う

風神雷神図《ふうじんらいじんず》の話題で俵屋宗達《そうたつ》、尾形光琳《こうりん》と酒井抱一《ほういつ》の違い語れる人あり

武士かぶる藺笠《いがさ》、菅笠《すげがさ》、深編笠《ふかあみがさ》　小説に読み深編笠推し

推薦と言えばいいのに推すと言う薦の字亡霊できっと祟るぞ

*

難民の少女が手に持つカップヌードル画面で見つつ食むカップヌードル

国際化はスーツとネクタイのことでなく多様性なら民族の服

本棚の百科事典よ私は今君の知らない事と生きてる

横顔を見つめているのにＡＩロボット見えない視線は感じてくれない

事故はきっと減るね車のナンバーをシールのようにドアにも貼れば

*

コーヒーに陶酔する人教科書で見た鹿鳴館の人に似ている

黒船のペリーの身長１９６センチと知れば江戸の人の健闘讃える

会社員はつらいよという表現が深々お辞儀しかないコマーシャル

太陽が悪人のような顔にされ天気予報の猛暑日マーク

全身に直射日光浴びながら「冷」と書かれて立てる自販機
たくさんの健康食品売られてる「効果は個人の印象」付きで
黒子の持つ火の玉舞台の宙に舞う黒子は見事にライトを浴びず

映画ならスパイが中にいるようなゴミ箱押して掃除人行く

*

連勝の陰にはセンター近本の美技あることはたこ焼きのたこ

連敗後一勝あげた監督の笑顔に重い笑顔あると知る

美しく波紋が土に描かれてマウンドは待つ投手の登板

握手した人　汗で濡れ震えてたロボットにはない仕事の終わり

「握手を」とあまたの人に囲まれるその人自身は孤独に見えたり

*

大相撲の土俵の周りで映る客　人間図鑑のように眺める

頰の息　ゆっくり吐き出す白鵬は二カ国分の言葉吐くごと

*

北斎の波の先端のギザギザは精密カメラ像と一致するらし

光年の星より還る探査機と沈んだ海さえ分からぬ飛行機

文明の枠は林立するビルでなく本当の森を守ることでは

＊

田畑や海山の仕事へ価値おこう働き方改革より働く場所変革へ

少し混んだ車両に喪服は私だけみんな幸せでよかったと思う

＊

縄文の土偶はゆっくり語りかけ平成でようやく国宝となる

五千年土に眠っていた土偶五千年後の人にも見せねば

＊

おおいぬとこいぬの光を探し合い二人の指でなぞる冬空

水たまり百あまり踏んで来た果てに　小さな一つの湖を得る

＊

差し込んだことはなければわが鍵で隣の家は開かないだろう

一人旅きょうは一万二千歩と告げるは曾良のようなるスマホ

１９９５年〜１９９８年のイスラエルにて

昨日の雪あがり青空の朝迎えパレスチナにて初めての選挙

パレスチナの選挙もラビンの暗殺も日本で聞いてる距離感であり

肉じゃがを食みつつ中東の報道を見ている子供とＣＮＮで

窓の外　ラビン首相への黙禱のサイレンは鳴るテレビの音も同時に

報道は大声の人のみ映しがち無言の市民はフレームの外

本日の子との散歩はオールドシティおにぎり持参でゴルゴダの丘

一人一枚ゴザ握りしめたラマダンの礼拝帰りの群衆に飲まれる

「こんにちは」オールドシティですれ違う日本の観光客と挨拶

「住んでます」日本人ツアー客に問われ観光地に得意気におりたり

舗道にはローズマリーの花満ちて香りの記憶と指先で摘む

ローズマリー、レモングラスにミント自生　エルサレムの丘を深呼吸する

隙間から生えるヒソプという草も嘆きの壁に意味を持ちおり

油絵のように朝日が照らしてく黄金のモスクと銃の撃鉄

正統派の黒ずくめの人が宝くじ売り場に行列は不思議な景色

胸までのもみあげのある正統派に信号待ちを挟まれて立つ

傘でなく肩より銃をさげた人多く歩めりエルサレムの雨

ケータイのように身に銃を携帯する人を見慣れて視線は青空

安息日《シャバト》では電気を点けるも労働ゆえ階下のユダヤ人に点灯頼まれる

ブレーカーのボタンを押してと頼まれる　押すこと禁じられてる安息日《シャバト》

路地裏の雑貨屋前の複雑な五差路の信号に慣れて住人

スーパーも入口に手荷物検査あり　通えば馴染み顔パスになる

指させば七面鳥肉も買えるけどその名をヘブライ語で呼びて買いたし

市場では羽ついたままの鶏肉が売られ生き物と教えられてる

「エルサレムトウフ」の名前で日本人伝授の豆腐がスーパーの棚

髪切れば気づいてくれるご近所さん増えてその分町が深まる

ハンサムな美容師は鏡越しに言う妻はイッセイミヤケのファンと

タチアオイあちこち咲ける路地歩きエルサレム永住の日本人宅へ

繁華街のカフェでアメリカ人と中東について語らい意味ある日となる

空き地あり野球を知らぬ中東の子らにアメリカの親たちと教える

子供らに日本のお月見や正月を黒板で教える寺子屋のごとく

芝生青きヘブライ大学の構内で子らと日本の「はないちもんめ」

ピタパンにファラフェル挟んで昼ご飯きっとおにぎりと同じ位置づけ

公園に裸足で遊び終えたあと家では靴履くアメリカの少年

パーティーの招待状も子のおもちゃもメイドインチャイナここの国でも

ミツビシやニンテンドーとはどんな意味？ママ友の米人真面目に聞き来る

日本より届いたランドセル背に負いて子は中東の町を闊歩す

ＰＴＡ参加すれども英米人の会話に追いつけず後悔の部屋

耳元に英語で内緒話され嬉しくもあり困惑でもあり

アングリカン《アングリカン》スクールは数十か国の生徒いてバザーの洋服の山がくずれる

お饅頭を学校へ持って行った子は珍しがられて小さな外交

イエイエと謙遜しないことに慣れ我が子を褒められイエスと答える

子を褒めれば謙遜という習いなく親たちみんな「そうなのよ」と言う

国の名は子らには要なく誕生会アメリカ、ロシア、ともだちが来る

子を待つ間　日本の小説読んでると文字が縦向きと驚愕される

サマータイム終了　時計の針戻す一時間戻れるタイムマシーン

子のパパ友　エルサレムから帰任後はロシアのテレビでニュースキャスター

アメリカのテレビが十月ユダヤ教新年おめでとうと番組始める

テルアビブ空港事件で知った名のテルアビブのビーチでフリスビーする

市街地とアラブの町と入植地抜けて死海のレジャーランドへ

アンマンに避難の合間に自分の家占拠されたと子の親語る

イランよりの攻撃に備え防毒マスク求める人の配給所の列

在住の先輩が言うテロ遭遇は宝くじより低い確率

不審物ありと歩道に通行止め起きるが探査も処理も素早い

救急車のサイレンは交通事故であれと祈る報復テロではなくて

ロシア語の移民の会話響けるはレジや受付け職種は固定

ガザは水が涸れたと報道　エルサレムは自宅プールで泳ぐ人あり

夕焼けに赤ワイン色に染まる街　素顔は砂色の石の街なり

石積みの家で暮らして瓦屋根、襖の日本の家屋を思う

建物に陽射しは正直　善悪の中身は映さず影のみ描く

石の家揺れるほどなり戦闘機の造るソニックブームという音

ジャカランタの花の散り敷く庭の家　日本できっと思い出すだろう

砂色の石のアパートはブーゲンビリア纏い柔和な表情見せる

アパートの窓は鉄の格子の設置あり侵入防ぐが脱出できない

聖地にて車も木々も逆さまに雨水受ける土砂降りもあり

エルサレムに響く雪起こし年一度　明日は白い街になるのか

＊

ラケットの構えは銃のように持つとアラブ人テニスコーチのジョーク

薬局と銀行窓口の女性らに日本は好きよと声掛けられる

大家さんパリ在住で年に二度訪ねて来てはユダヤの危機言う

アラファト議長《アラファト》の会見に行くと夫の言い　私は息子と砂遊びに行く

名も知らぬ木の実を潰して公園に子と過ごしたる冬の一日

人間のいない火星の町に来たごとくの静寂　贖罪《ヨム・キプール》の日よ

ネタニヤフ首相はご近所出勤の車は目前の一方通行行く

ネタニヤフの出勤風景アパートの前で見ていた暮らしもあった

アーモンドの白き花びら散りがたく中東の人の二枚腰に似る

春告げるアーモンドの花咲く二月公園、野原、検問所にも

日本より母、従妹来たりTシャツで塩の死海に浮いて楽しげ

日本から届いた姉の荷物にも爆発物注意のシール貼られる

世界史の恩師に中東体験を語り再び本読み直す

*

国内の町訪ねれば永遠の一見さんとなるホテルも店も

戻りがない双六の駒の三人で町を訪ねて次の町行く

尋問なくスーツケース受け取る北欧　中東との違い思う旅先

看護師が自宅に来てくれ注射打つ私の買ったアンプル使い

配達のように看護師家に来て注射を打って金貰い帰る

一人来て中東一の病院の迷路の果ての一室にいる

麻酔前異国の病院の残像は青い手術着の医師のほほえみ

包まれてヘブライ文字の患者着に先端医療で安息日《シャバト》を眠る

大病院の会計係のパソコンにFUJITSUのロゴ見てほっとしており

*

子と下校途中に響く衝撃音　繁華街にて爆弾テロあり

爆音を数秒おきに三度聞く三人連続の自爆テロなり

戦闘機のソニックブームかと思いきや数百メートル先で自爆テロあり

トラック事故？ソニックブーム？いや、爆弾　音は三人連続自爆テロ

行く道の先に連続自爆起き　数分の違いを噛みしめている

携帯を持つは夫のみ　帰宅して家の電話で無事を伝える

怖れるは屈することと爆破現場　毅然と片付け人は朝待つ

遥かなるエルサレム

その昔三年住みしイスラエルなれどガザには行かぬまま過ぎ

イスラエル駐在となりテルアビブは春の丘だとヘブライ語で知る

エルサレム暮らしの経験から言えば米大使館の移転は暴論

紛争の中におかれしその壁は世界の人も嘆く壁なり

イスラエルのニュースで心痛めたり夫の転勤で住みし日のあり

転勤で住みいしイスラエルの家を見るグーグルアースゆっくりズームし

あとがき

二〇一四年に、新聞、雑誌等への投稿歌とエジプト在住時に作った歌などをまとめて『主婦ふふふ』というタイトルで第一歌集を出しました。

今も引き続き投稿に励んでいます。

今回は、その後の十年間の投稿歌や一九九〇年代後半のイスラエル在住時に作った歌を、『祖母ほほほ』というタイトルで第二歌集として出版することにしました。


昔話になりますが、私が学生だった半世紀前は、旺文社の「螢雪時代」

や学研の「高3コース」などの学年誌がありました。その読者短歌コーナーに時々投稿していましたが、当時の雑誌は随分前に破棄してしまい手元には残っていません。

授業中ふと気がつけば足先がほんのり温し初冬の低き陽

採用された歌で覚えているのはこの一首だけです。でもこの一首で、五十年前の陽射しや上履きや教室の雰囲気も思い出せます。撮影した一本の動画のように当時が動き出します。三十一文字による表現の大きな力だと思います。

好きな和歌の一つに式子内親王の〈山深み春とも知らぬ松の戸にたえだえかかる雪の玉水〉という歌があります。深い山、松の、待つの戸、雪解け水の光る雫。空想の世界の中に現れる具体的な美しさ。距離も時間も超えて絵画より鮮明です。とても清らかな歌だと思います。

私はこれからも変わらず日常生活をコツコツと詠んでいこうと思います。が、時には「山深み」のような美しい世界や特徴ある視点を持った歌も詠むことが出来るように今後はなりたいと願っています。

出版にあたり六花書林の宇田川寛之様にはたくさんのご教示を頂き大変お世話になりました。装幀は真田幸治様にお願いしました。ありがとうございました。

二〇二四年八月　祖母としてほほほと喜びながら

石田恵子

著者略歴

石田恵子（いしだけいこ）

1957（昭和32）年　兵庫県豊岡市生まれ
1980（昭和55）年　慶応義塾大学文学部国文学専攻卒業
夫の転勤よりエジプトに１年間、イスラエルに３年間滞在
主婦
「日経歌壇」、「朝日埼玉歌壇」、「東京歌壇」、角川「短歌」へ
投稿を続ける
埼玉県さいたま市在住

祖母ほほほ

2024年11月 1 日 初版発行

著　者――石 田 恵 子

発行者――宇田川寛之

発行所――六花書林
〒170-0005
東京都豊島区南大塚 3 − 24 − 10 マリノホームズ 1 A
電 話 03-5949-6307
FAX 03-6912-7595

発売――開発社
〒103-0023
東京都中央区日本橋本町 1 − 4 − 9 フォーラム日本橋 8 階
電 話 03-5205-0211
FAX 03-5205-2516

印刷――相良整版印刷

製本――仲佐製本

定価はカバーに表示してあります
ISBN978-4-910181-73-8 C0092